詩集

花譜

更北四郎

東方社

詩集　花譜

※

目次

詩集　花譜

I

りんどう

花の季節は終わった
尾瀬ケ原に
りんどうが最後の華を飾る
草原の露が一面
朝日に光り
陽差しが
わたしをぬくめる
その時
滾り溢れる切なさ

わたしは花の名を忘れた
植物図鑑を開くことがない
家族と仕事と性と
わたしはそれで構成され
ただ時に
三十年同じ服を着て
山道をとぼとぼと辿る
そうして
一歩
わたしの死へ近づく

紅葉《もみじ》黄葉《もみじ》のまだまばらな
遅い今年の秋に
わたしは行くべき方向を失う

木道が四方に走り去り
りんどうの青が
光って逃れ
わたしの背から足下に
冷気が駆け下りる

春

番いの山鳩が鳴き交わし
眠りの浅瀬に水を飲む

花の蕾が
地面からせり出してくる

樹は遠い枝先に
白い花をほころばせる

私は投げ出され
抜け落ちた一枚の羽毛のように浮遊する

浮き上がりまた沈んでは
春の空気のなかを落下しつづける

また浮き上がり沈んでは
届かない落下を繰り返す

滅んでいった花たちが

今夜は何故
滅んでいった花たちのことを
頻りに思い出すのか
酔仙翁
桃色月見草
庭七竈
五月雨桔梗

私が堪《こら》えているのは

嘔吐か
嗚咽か

老鶯の澄んだ声が消えていく空の下に
枇杷の実は熟れ
摘み取る者もない
囓る栗鼠もいない
群れて啄む鳥たちもない
静かに枝に朱に輝いているあの枇杷の実を
何故今夜はこんなに思ってやまないのか

瞼は頻りに閉じようとする
ひたひたと眠りが私を浸す汀へと
さっき飲んだくすりが誘《いざな》うにまかせる前に

滅んでいった花たちが
今夜私のなかに
群がり溢れようとするのだ

延齢草
梅花躑躅
君影草
鳴子百合

ああ　すいかずらが匂い
くちなしが薫る
今夜ひたひたと眠りが私を浸す汀に

なつかしい花たちよ

老女たちが声を上げるのは
百日草にポンポンダリア
松葉ボタンに鳳仙花
かつて日常に咲きあふれていた花たち

百日草はジニアの名をまとい
松葉ボタンよりポーチュラカが人気で
鳳仙花を詩人が惜しんだのはすでに昔だが
立葵は今はどこに行ったか　背高いホリホックは？

老女たちの嘆声の胸の内に
少年時代の私の記憶が重なる
夏の日の
惜しげなく咲きあふれていた花たちよ

日々は変わらぬと見えたのに
時を経れば何もかも遠く隔たり
変じないものとてない
老女たちは胸に繰り言を揺すり

ふと足を止めて声を上げる
眩い日盛りの夏花《なつはな》よ　おいらん草よ
老女たちの夏花《げばな》よ
人生の盛りに咲き誇った花たちの幻よ

百年の孤独

百年
ああその長きにわたって
蓄えて蓄えて
一気にエネルギーを
巨大な花穂に変えて
天に伸ばし
そして枯れ果てる
プヤ・ライモンディよ

アンデスの風に飛ばされて
そのわずかな種子が
四千メートルの高山に芽生え
過酷さに耐えて根を張り
エネルギーを蓄えつつ
百年を経る
ああそして
エネルギーを一気に
天に押し上げる
蜜を湛えたその花穂を

ああ見よ
この花たちの
ひそやかな百年の孤独を

蓄えるまでもなく
自らを使い果たし
使い果たし
少しずつ壊れながら
そして死に倒れる
ああ我ら人間は

＊プヤ・ライモンディ
パイナップル科の草本植物

木犀

金木犀の木を眺めていた
枝先にぽつぽつと
青い蕾が見えている

ようやくと言うところだ
九月になれば匂いはじめる木犀が
十月になってもまだ匂わない

人たちが喘いだ夏の日照りのなかで

樹液は辛うじて樹幹を流れ
木は雨と秋気とを待って立ちつづけた
（その傍らをわたしたちは行き来した）

ようやくに蓄えられたみずみずしさを
いまひそやかな蕾の形に変え
蔓珠沙華のすがれた赤の色に変えて

木犀はまもなく濃く高い匂いで
秋の光を燻らせるだろう
匂いはわたしたちの胸にしみるだろう

白い銀木犀も咲くだろう

金木犀は根元をオレンジ色に染めるだろう
わたしたちはなにか忘れ物をしていくだろう

びわの木

一本のびわの木が立っている

冬の日
びわの木は砂色の花を咲かせる
寒中の虫たちを呼ぶように
甘い　甘ったるい
匂いを漂わせれば
いぶかしく
人は辺りを見回し

頭上の花とは気づかずに
行き過ぎる

春の日差しに
白つるばみ色の新芽がほどける
新芽はまるで
シャンデリアのように
華やかにびわの木を飾る
その葉陰に
びわの実はふくらみ
エメラルドの緑色に輝き始める
人たちはただ通り過ぎる
老鶯《おいうぐいす》が天に鳴く頃

びわの実はほのかに光り出す
濃い葉色のなかに点々と
淡い黄の色を浮き上がらせて
やがて濃い黄へ
そして朱へと熟して行けば
口にする果肉は
酸い甘さほのかに
その汁を滴らす

一本のびわの木が立っている
いつの頃からか
わたしの傍らに

八重桜

佇めば
待たれるものを待つこころ
待たれるものはついに来たらず
日の光のみ肩にふれ
どこか遠くに
満開の八重桜
花房重く風にしなるよ
花は巡り
わが日々も繰り返し

待たれるものを待つこころ
待たれるものはついに来たらず

道

花に埋もれて出ていく
焼き場へ
あとに残すのは僅かな骨
喉から吹き上げる嗚咽のなかで

縦に一つの線を引く
截然と区切られる生と死
その線の上を人は揺れ動く
時に千鳥足で

ああ　だが
どちらかに転げ落ちる剣が峰の間を
道は確かにゆっくりと下っている
一人立つよりほかないが

遥かに遠くよろめく一人の先達は
あれは無縁のひとだ
もう見送るまい
花に埋もれて出ていく先は一つだ

壊レタモノハ

壊レテユクノハ頭デス
心ハスデニ壊レテイル
壊レタ心ハ動イテイル
壊レタ頭モ動イテユク
動カヌ骸《ムクロ》ハ燃ヤサレル

II

老いた母

真夜中にガスの火点くる母ありて
淋しく暗き老いに迷えり

老いたればもの忘れゆく母ならん
ふと危うさにその目さまよう

皺ばめる垂乳《たれち》の母の内側に
燃える火の色狐火の色

幼子に目をやるときの老いの目に
ふと優しみのかげの差しけり

生誕

生まれたての赤ん坊というものは
黒曜石の瞳《め》と
おちょぼ口を持っている

生まれたての赤ん坊というものは
じつにさまざまな表情をするものです
親や親戚の誰もが自分に似ていると思う

生まれたての赤ん坊というものは

ただそれだけで満ち足りているものです
不足があれば泣けば良いのを知っているので

そしてどの赤ん坊もどの赤ん坊も
幸せに大きくなっていかなくてはいけない
たとえそれが平凡な大人であっても

コンニチワ

いとけない
無心な
咲きたての花のような
ありのままに自在なもの

ふっと浮かぶ笑顔のようなものや
顔を真っ赤にした泣き顔や
開いた口のなかで動く
薄いウェハスのような舌を備え

小さいながらむっちりした
手と腕と足とを
ひとときもじっとせず動かして
何ごとか語るように声を上げるもの

見えないけれど見ている
首を傾げるように聞いている
自分の回りの一切を感じている
中心は自分にしか無いことを知っている

コンニチワ
きみとジジとの対面です
おそるおそるきみを抱きます
ひとときもじっとしないきみをひしと抱きます

迷路

真夜中に
寝具をたたみ
電動ベッドのコンセントやら
足温器のコードやらを整理して
どこにあなたは帰ろうとするのですか

家族揃っての夕餉に
今度家に来たらご馳走すると
同居する孫娘に口にしながら

あなたは今どこにいるのですか
あなたの家はどこにあるのですか

時間は前後をなくし
自分の居所もなくし
老いた女の頭のなかは
迷路のように
脈絡もなく入り乱れている

ああ母よ
あなたの帰るところはどこですか

日々

盆過ぎて
猛暑何日熱帯夜何日と
とことん蒸され炙られてをる
芙蓉は時季にたがはず
澄んだ桃色の花を株一杯に飾ってをるが
例年夏中青い小花を咲かせる
雁が音草《かりがねさう》は未だ数花を見せるのみ

老女は箸使ひもあやしくなりて

だがかつての少食のひとが
あれもこれも黙々と口にして
終はつてさへ皿の残りに手を出すほどに
喰ひ気だけはしつかり残つた
なにもかも呆けながら
それでも暑さの中で執念《しふね》く生き続けてをる

とろとろと居眠りながら
逝かずにここにとどまつてをる
苛立つ周りの声にも邪魔されることなく
もうおのれの老碌を嘆くこともなく
お襁褓にも何の感情もなく
汚く力なく尿《いばり》臭く無表情に
老いた一人の女は生き続けてをる

かける言葉は少なく
かければ苛立ちを隠せない男ども
愛ほしむ想ひよりもむしろ事務的に
時にはその頬を殴打したい思ひを堪《こら》へてをる
くたばれの一言を胸に堪《こら》へて
食事に排泄に手を添へる者たちの日々は続いてをる
女は老いの無惨さのなかに生き続けてをる

むかし女の生まれた一軒の農家は
すでに跡形もない
かたはらの竹林もその風に鳴る音も消え失せて
親兄弟姉妹の誰彼もみんな逝つてしまひ
一人残つた女が甥姪たちに頼りにされた
そんな時代もはるかに過ぎて

果たしてどんな記憶が女の頭に残つてゐるものやら

むかし女が生まれた村には
夏になると夏の花があふれてをつた
盆には花にこと欠くことはなく
仏壇にも墓場にも
線香のけむりとともに花が飾つてあつた
そんな記憶が果たして女の頭に残つてゐるものやら
もう女は自ら口を開こうとはしない

おのれ一人の内側に閉ぢこもる女を
揺すぶつても怒鳴つても
出て来させることも出来ないでをる
厚い殻のなかには

棘立つ言葉も届かないでをる
真夜中にベッドの上に身を起こすことも叶はず
老女は一人藻掻きながらここに息をしてをる

「大丈夫」

水も食べ物も
口から摂取ができなくなって
そのまま行かしてあげればいいものを
死後のあれこれに時間が割けないと
水分の点滴をしても
もう血管が弱く
それさえも次第にできなくなるのだ

生活には生活の

都合というものがあるのだ　母よ
この息子の声が聞こえますか？

目を見開いていることが多くなっても
その目に意識のひらめきが現れることもない
老人ホームの介護者の一人が
「大丈夫」というその声を
一度だけ聞いたというが
あなたはもうここから
自ら遠ざかってしまったのだ

時折その目が
枕辺の顔を追うように
動くことがあるとしても

それは何も伝えない
死を待つあなたを
生活の都合というものが
ただひきとめているのだ

ああそれにしても
発せられた一言が「大丈夫」だったとは
母よ　あなたは何を言わんとするのですか？

母を送る

今日はひな祭り
あなたの息子の誕生日ですよ　母よ

今日はあなたが
骨壺一つになった日

箪笥の中に
あなたは自分の死装束を仕舞ってあった

それを身に着けて
指貫き一つ針刺し一つ糸巻き一つを携えて
自ら仕立てたブラウスを上に掛け
棺の中に母は横たえられた

気丈でしっかり者だった母よ
老いに呆けていった母よ

夕暮れ　両手で顔を覆っていた中年の母よ
悲鳴のように老残の中で声を荒げた母よ

あなたの棺は
淡いピンク地の桜模様

横たわるあなたは美しく化粧され
上品で凛とした面立ちを取り戻した

ここにあなたを送ります
ようやく休息があなたに訪れた

春爛漫

春爛漫
花が咲く
園芸店で
小さな実生の苗を買ってから何年か
奄美セイシカの花が咲いたぞ
待ちに待った花が咲いたぞ
六弁の白いツツジの
最上辺の一弁には
一刷毛若草色が斑点状に刷かれている

初めて目にする清楚な花が咲いたぞ
小さな鉢植えながら
数えれば二つ三つ四つ
奄美の島から遠く
寒さに耐えて蕾が開く
絶滅危惧種の花が咲く
二番目と三番目が一遍に
双子の孫が近く生まれる
いっぱい抱いて欲しいとメールが来る
胸がざわざわ騒いでくる
春爛漫
桜が散る
シャガが咲く
花の季節が続いていく

百歳翁は

百歳翁はまた一つ歳を重ねた
いつまで生きることだやら
排便に辺りを汚せば
死んだ方がいいと
その都度口にはするが
寿命ばかりはどうにもならぬ
死ぬ覚悟とてありはしない
秋の涼しさに食も進んで
枯れ木の体も

まだまだ生きそうな
霜月の空は
かんかんと響きそうに晴れが続く
菊の香りが欲しい季節だ
双子のひ孫も五ヶ月が過ぎ
むちむちと赤子らしい肉付きになり
ばたばたと体動かして声を上げ
濁りのない笑顔も見せる
それを見て百歳翁が
能面の顔をほころばせる
幼な子を見ていれば
誰だって心のつかえが消えていく
死に近づくもの
生き始めるもの

その間にあって蠢く我ら
嗚呼嗚呼
そも人生とはなんぞや
幼な子はただそこに在り
ただそれだけの尊さで満ちている
百歳翁はまだ死ねぬ
もう消去とはまだ行かぬ
百歳翁はまた一つ歳を重ねる
いつまで生きることだやら
我らの日々もまだ続く
嗚呼　幼な子よ我が孫よ
生きることがこれから始まる

好物

猛暑日と熱帯夜が
切れ目なく続けば
人皆があえぐ夏に
百歳翁は息も荒く
食事も喉を通らず
暑さ寒さの感覚は
すでに大きく狂い
往生の時よ来たれ
との思いがつよく

いっそ逝くがいい
いい機会じゃあないか

だが夏の暑さを幾度も
乗り切ってきた老爺は
しぶとくこの夏を過ぎ
またひとつ歳を重ねる
下痢と便秘とを交互に
極端に繰り返しながら
死ぬ気配はまだ見えぬ
食だって衰えを見せぬ
時折は下《しも》を便に汚して
早く死んだほうがいい
と語調強く嘆きはする

迎えよ早く来んかいな
聞く仏はあるまい
縊《くび》り殺すも出来ず
命の限りも知れず
自らは断てはせず
老爺は一日を生き
一日は一日に続き
生き永らえる者は
好物に箸を伸ばす
霜降肉も平らげる
下痢など恐るに足らず

死の周辺

病院に駆けつけた時
老人はすでに息を引き取っていた
昼間話したのに
急にそんなことを言われても飲み込めない
手をふれると体はまだ温かかった
呼びかければ今にも目を開けそうだった
だが足下の医療機器のモニターに
波形はもう描かれなかった
初めて死者を目にしたひ孫は

なにもわからない五歳児ながら
粛然とした雰囲気を感じたように
真面目な顔でベッドの脇に立っていた

真夜中を過ぎないうちに
遺体は引き取らねばならなかった
看護師たちが
死者に最期の身繕いをさせる間
わたしは葬儀社と話した
葬儀社には二十四時間担当者がいて
いつでも連絡を待っていた
事務的にわたしは話した
すでに母を送るに際して経験した
すべて準備は出来ていた

ただ死ばかりはいつも突然なのだ

遺体を運ぶ車に同乗して
わが家の前を通り
そして葬儀社の霊安室へと
わたしは父とともに移動した
父はそこに安置された
死者を残し
真夜中の道をわたしは歩いた
今度ばかりは父の戻れなかった
わが家へ向かってひとり歩いた

西瓜

熟れた西瓜をかち割って
その黄いな果肉にむさぼりつく時
私はなぜか泣いてしまう
その黄の色のさびしさ
あなたを想ううれしさ

紅ふようの花が咲きあふれ
夏の雷《いかづち》が遠く鳴る
黄いな西瓜に顔伏せて

私はなぜか泣いてしまう
あなたを想うさびしさ

あんこう残影

感情世界のことどもの
わたしを深く消耗させ
そして
わが肉体は狂う
あ
という叫びに
顎《あぎと》を引っ掛けられて
吊り下げられている

愛撫

私たちは
どこまで淫らになるでしょう
どこまでも淫らになりましょう
夜のなかに裸身を曝して
どこまでも乱れて
愛撫の刻印を
その肌に印しましょう
夜の目が私たちを取り囲み
私たちが爆《は》ぜて夜の底に落ちていく時

その目が互いに頷き合うのを
私たちは知るでしょう

森にて

わたしは危うく泣かんとした
わたしの心は弱っていた
だから森の中に
歩み入った
ただ静けさが欲しいばかりに
多分わたしは酔っていた
多分私は年老いた
めまいに
殴り倒されるようにわたしは倒れた

わたしの気づかぬその間にも
青葉が頭上を覆い
イタジイやらウバメガシやらクリやらの
樹の花の青臭いにおいが降っていたのだろう
わたしがそれと気づいた後と同じに
季節が巡るたび
改めてわたしは驚く
樹々の花の
精液とそっくりのにおいであるのに
わたしの精液はまだ枯れていない
目を見開いて
背広はすでに泥だらけ
横たわったまま

ああ　わたしは何を見つめているのだ

棘

夏の日
淡い黄の花が咲いていた
ひいらぎに似た棘の葉に包まれて
折ろうとする僕の手を刺した

或る日　僕の喉に
魚の小骨が刺さった
ひいらぎの棘のように
ちくちくと喉を刺した

その痛みほどの
僕の命を
さてどう永らえればいいいか

胸に刺さった棘が
ちくちくと僕を刺していた
秋は深まろうとしていた

墨を磨る

今宵
ひとり墨を磨りて
墨の匂ひを嗅げり
何を描《か》かふと云ふにはあらねど
文《ふみ》認むるにはあらねど
ただ墨の匂ひを嗅ぎたきままに
墨を磨るなり
夜なれば
磨墨に青き光見へず

ただ黒々として光れり
恋ふるこころの愚かなり

Ⅲ

ビルディング崩落

ハイジャック機が
摩天楼に突っ込み
超高層ビルが一瞬についえ去る
その時
どこかの小暗い小路で
わたしは酔いに崩れている

経済が破綻するとはどういうことだ
我らの日々はまやかしか

夜毎の歓楽は
ビル火災にも途切れずに
人を飲み込み続ける
汚れのない白い鳶装束に
身ごしらえした老人が
さっそうとバイクにまたがって出かけていく先は
誰かれを縛って楽しむ場所だ
手錠の少女の死など
何ほどのことか

株は下がり続ける
我らが日々に生み出すものは
下落しあぶくと消えていく
生み出すと見えたものは

すべて時間の中で腐食し
負へと散華する

世界を駆けめぐる金とは何だ
立ち行かなくなった国とは何だ

これは戦争だ
オペラではなく
強い国アメリカ
ステレオタイプのマッチョが威風堂々宣言する
報復だ砲撃だ
超高層ビルと同じだけの瓦礫をそこに積み上げよ
自らの命を捧げて悔いない
人の命に価値を置かない

テロリズムの大義名分は一種の宗教的熱狂
テロリズムというこの無思想を
執念深いこの熱病をくびき殺せ
死屍累々それが戦争だ
殺すために殺す
国々が追随する
資本主義というシステムを守れ
株式市場を押し上げよ
我らが国の経済を破綻させるな

経済が破綻するとは一体どういうことだ
安穏な日々は砂上の楼閣ということか

戦争責任が問われ奴隷制が問われる

過去はいつも問われ続ける
どれだけの過去を遡って
罪を問われなければならないのか
無意識は罪だと告げたのは我らの世紀だ
ああ世界など知ったことか
うじうじした良心の呵責など知ったことか
あらゆる世界の痛みを
何故日々に感じ続けなければならないのか
日々に我らの心がこんなに軋むというのに

ああ私はどこをさまよっている
私の心はどこをさまよっている

序曲

初めに海底の地殻変動があった
列島の地べたの半分を揺らした
変動は波を生み大津波となった
海岸線の町を襲いなめ尽くした
あとに残されたのは谷間の地面
家屋や船や車などのガラクタが
山ぎわに吹き寄せられるように
昔の生活の無惨な残滓を晒した
波に呑まれた遺体の数は知れず

原子力発電所はあちらこちらに
爆発を繰り返し放射能の危険な
瀬戸際に立たされて初めて知る
放射線量シーベルトもマイクロ
ミリとその単位を解する術無く
いたずらな増幅は人心にも及び
地殻は燎原の火の如く連動して
日本列島のあちらにこちらにと
変動して大地を揺らがせ軋らせ

離れた都会では交通網が途絶え
ただの遊びに堕した通信手段は
肝心の緊急連絡には役立たない
職場と家とに引き裂かれたまま

右往左往してうごめく人たちの
疲れはそれでも津波に襲われた
生存者の茫然自失の麻痺の疲れ
には遠く電池だ米だマスクだと
店々の商品陳列棚に殺到すれば
棚は空っぽのまま店は閉ざされ
それよりもガソリンが無い電気
が無い計画停電に交通手段無し
計画停電は不意の暗闇となって
家庭生活は休止モードのままに
懐中電灯が無い蝋燭など既に昔
生活から消えている電化製品が
電気使用の機器だと今更に知る
その電気たるや大音声の掛け声

にもかかわらず消費は増えれば
原子力発電の危険論議も薄れて
そして今更に放射能漏れ騒ぎに
自己防衛ばかりの論議に堕した

そして被災地に寒気が襲い雪が
舞い避難所でひそかに死に至る
人達がある身を寄せても叶わず
疲れを耐えて悲しみをも堪えて
死者を弔うことも叶わずそして
津波を逃れながらここ避難所に
息絶える人達がある白雪が舞い
家も無い家族も無い仕事も無い

それでも命あるのを救いとして
だが命さえも危ういすべて無く
襲い来る大津波のあの恐ろしさ
おもちゃのように押し流される
車たちデラシネの家々は脳裏に
消えない掴みようのない誰彼の
消息を尋ねあきらめそれでも尚
せめてはその最期を知りたさに
誰彼に問いつづける知らないか
知らないか知らないか
天のみぞ知る

世界経済入門

一株純資産八百円也の企業の株価が
あっけなく四百円を割り
さらには三百円に近づいてゆく
実体でなければ虚体とそれを言う

実体経済なんて言葉を
目にするようになったのは
今更にもっともらしく言い出した奴が
どこかにいるということだが

まるで裸の王様だ
解説を生業とする輩が数多《あまた》いても
こうなる前は指差して
それは虚体だと言う者だけが無かった

金融危機だ何百兆円が吹き飛んだだの
世界経済のうねりのなかで
本当に生まれるものなどあるまいが
これを契機と儲けを企む者はいつもある

遠いアイスランドで円建ての住宅ローンが
倍に跳ね上がって生活を圧迫する
グローバルとはそういうことで
もちろん生産品の生産国は

疾うに国境を持たないのだ
こんな世界のなりゆきに
行き着く先をふと危ぶむ
がその渦のなかに
狭い島国も漂流して行く我らが生活も

空を売る

空を売るというのですか
空は売れるものなのですか
空は誰のものでもあって
誰のものでもなかったのではないのですか
建築に関わる建坪率が
制限というよりも地べたに基づく
その高さだけの空の領域を
権利化したものだったということなのですか
眺望権ということが言われ出した

あれが空を売るという始まりだったのですか
地べたの不足を高さで補う
高さは競うものでもある時代に
ビルの谷間に人間たちが右往左往して
時折ビル風と呼ばれる突風に身をあおられながら
隙間から見上げる空が
私たちに残された空というわけですか
空を丸ごと味わおうとして
新しい電波タワーに私たちは集うというのですか
空を買うということが
制限を超えて建築の高さを積み増す
その権利を買うことなのですか
空は空として
なんの境目も持たないものだったのではないのですか

私たちが遠いところを見ようとする時
私たちに海よりももっと
地球を越えた宇宙につながるものとして
果てなさというものを教えるものだったのではないか
ああすべてが利権となる時代に至りつくのは
歴史の必然だったというのですか

何か暗いものに

何か暗いものに
押し流されるような
身震うような感覚が体に流れ
虚脱するように倒れ伏す
その時になお
わたしは言葉を考え続けることで
身を支えなければならない
頭の芯の痺れを
投げ捨てなければならない

露呈されたのは弱さに違いないが
それはむしろ一つの
パタンとしての弱さであり
普遍の名を借りてさえ
それが単に固有としての弱さでないことを
暴露しなければならない
ああ誰もわたしを支えはしない
わたしもまた誰をも支えはしない
倒れ伏すわたし自身を
わたしは投げ出すのではなくて
わたし自身が受け止めなければならない
その時にわたしの胸がどう軋んでいようと
その胸でわたし自身を
受け止めなければならない

幾度も幾度もそうしなければならない
そうして幾度でも倒れ伏さなければならない

献立控え帳 6

鮨通の人は小鰭《こはだ》を食べたまえ
それだけは勘弁してもらって
かわりに海鼠《なまこ》をぼくはもらう
こりこりとした歯触りがいい
季節なら海鞘《ほや》が好物なのだが
あれはまるで南洋の果物風で
とりわけ肉厚のものは美味で
が今はその季節ではないので
串に刺した牡蠣を焼いてくれ

こういう肴には断然日本酒で
酔いがぽかぽかと体に回って
差しつ差されつ又一献になる
今日はとことん飲んで歌って
大いなる交歓とやらをしよう
だが熱燗にしても燗が過ぎる
おやじも若造だが愛想がない
店の奥から赤ん坊の泣き声も
まあまあとりあえず気分良く

一緒にこうして心を通わせば
それが第一のご馳走でさらに
旨い酒と肴があれば是として
淡いピンク色の鯨ベーコンを

握りは烏賊に雲丹に牡丹海老
平目に赤貝鮪は赤身に中とろ
最後は熱い味噌汁か澄まし汁
年齢に似合わない健啖家ぶり
下拵えはこれで済んでさてと

献立控え帳 11

まずビールではなくて
空腹なので
味噌仕立ての
熱々の鮪のつみれ汁の大椀をまず啜る
それから燗酒である
肴はナマコの酢の物
岩場の赤か砂地の青か
本日は赤ナマコにして
口にいささか固い歯ごたえである

それに蛤の酒蒸し
子持白魚と三つ葉の卵綴じ
いや子持白魚と百合根の茶碗蒸しがいい
刺身は鯛か平目か
淡々《あわあわ》とした春らしい風情の肴を並べて
白磁の猪口に満たす澄んだ酒が
胸にしみ通る
それからアオヤギを握ってもらおう

目の前の水槽には
白魚がぴちぴちと跳ねている
もうすぐ三渓園の桜も咲く
胸に重いものも
背にのしかかるものも

いっときの辛抱

こうして楽しい酒を飲めば
莞爾と笑みがこぼれる
時折目が濡れるとすれば
そいつはただの泣き上戸であるから無視されよ
ただゆっくりと一盞《いっさん》を重ねよう
握りは口にほろりと崩れるのがいい
板さん穴子を握ってくれ

メソッドもエチュードもなく

ああまた枇杷の実が光り出す
青味を帯びた黄に光る
次第に赤味を増して朱に光る

わたしの胸の虚ろが
時に光を浴びたように浮かび上がる
その虚ろを満たすものはもうあるまい

そしてヒマラヤ杉はその黒く波立つ翼の上に

青味を帯びた卵のような実を
手品のように出現させる　一つまた一つ

わたしはここで
とにかくやるべきことを繰り返す
メソッドもなくエチュードもなく

毅然

会社の歴史を辿り直していると
一つの企業が
どんな風に歩みを進め揺れ動いて来たか
課題はいつも見えていながら
試みは実を結ばず
流されて繰り返されて過ぎた
時間の跡が浮かび上がり
その中に様々な人間模様が
それと名指せるまでに鮮やかに

一人一人の姿を見せて続いて行く
ああ　こうだったのだと
なにやら胸迫る思いがする
それをただの感傷と
あるいは老いの懐旧の念と
彼らは呼ぶのだろう

今も課題を声高に言う者はいて
まるで永久運動のように
繰り返して止まないが
過去を繙こうとはしないままに
すべては年ごとの業績のために
課題は積み残されて続いて行く
課題とは事業そのものに内在するのだ

そしてそこから脱却するためには
卓越した企業家たるリーダーを
待たねばならぬのだろう
もちろんわたしは彼ではなかった
過去に敬意を抱かぬきみもまた
彼であるとも思えぬ
そして企業史を書こうとすれば
業績の年ごとの変化など
書くに値しないと
三十年史を執筆したわたしは
先刻承知なのだ

今　五十年を俯瞰すれば
わたしの中に流れる会社の歴史が

知らなかった道筋まで
鮮明に浮き上がり
なにやら胸迫る思いがする
その昔
未来の年代記作者たらんとしたわたしは
毅然という言葉を探したが
それはどこにも見つからなかった
わたしが自らに願ったのはただ一つ
毅然というその言葉一つだったとは
誰も知らない

更北四郎こと、渋谷君のこと

詩人名更北四郎はペンネームであり、本名は渋谷正道君である。どちらも私には馴染みの名前だが、頭文字にすればどちらもS君であるから、以下、S君として書こう。

S君との付き合いは長い。

一九六七年、立教大学フランス文学科のフランス語初級文法の教室風景が今でも私の目に浮かぶ。教壇から見て右側の前から五列目あたりの座席にやや小柄なS君がいつも物静かに座っている。凛とした彼の姿勢があたりの空間に静謐な緊張感をもたらす感があった。

その二年後に大学は学園紛争に巻き込まれ授業どころの騒ぎではなくなる。立教大学の場合、紛争はフランス文学科の不当な人事問題に端を発していた。かっかとして教授会追求にいきり立つ級友たちを、S君は少し離れた所から眺めていたようである。私はヘルメットをかぶったS君の姿を見ていない。

翌年S君が卒業する時には紛争は一応収まっていた。彼が卒業論文の対象としたのは、ディドロの『運命論者ジャック』で、論文指導の担当は私であった。しかし指導の必要は全くなかった。彼が提示した綿密な論文計画に私がうんとうなずくだけで私の役目は終わった。仕上がった論文はこの十八世紀フランス文学の奇書を縦横に分析し、学部の論文の水準を遥かに超える出来のものであった。

驚いたことには彼が選んだ就職先はフランス文学とは全く関わりのない会社であり、その後彼は、地味なビル管理会社の事務職に転じた。

卒業後二年目の一九七三年に『鉛のかるさ』という詩集がS君から送られてきた。和文タイプで文字を打ち出した紙を袋とじにした七十頁ばかりの手製の冊子で、表紙の題名と裏表紙の「あとがきにかえて」は手書きであった。

内容は花・植物をうたった詩が多かった。S君は小さな頃から本当に花が好きだったらしい。特に野や山の花が好きで、そのために山にもよく登った。登山には全く縁のない私であったが、この詩集に収められたいくつかの詩によって山頂に身を置く感興をいくらか分かち持つことが出来るような気がした。

　その後数年置きに次々と詩集が纏められて送られて来るようになった。一九八七年の『生活詩篇』からS君は更北四郎を名乗るようになる。この頃から印字はワープロに変わった。横長の同じ体裁で、表紙のカラーのみを異にする一冊一冊が手作りで丁寧に装幀された詩集が、今私の手許に三十冊ほどある。彼が四十代に入った二〇〇〇年頃から創作活動は急に高まり、年間に数冊もの詩集が送られてくることもあった。

　二〇〇七年十月に送られて来たのは箱入りハードカバーの詩集『花開く』であった。それまでに書きためられた無数の詩の中から作者が四十二篇を選んで編んだものである。紙質や活字にまで心配りの行き届いた美しい出版物であったが、定価が記されない私家版で、ごく少数の知人友人にのみ届けられた贅沢であった。

　一冊だけでは事足りず、彼はこの年から翌年にかけて同じ体裁の『記憶集』、『その失われた日』を刊行し、三冊合わせて過去の詩業の集大成とした。

　これらの詩の中には「わたし」という言葉が頻出する。その大半は個人的な感慨に基づく抒情詩だからである。しかし彼が目指す「単純で、平明な」詩の中には、安易な感傷に流された弛緩した詩句はどこにも見当たらない。的確に選ばれた語句が自在なリズムを得て揺るぎのない典雅な詩の世界を構築している。彼は「私の中に言葉が渦巻いていて、言葉が自然に立ち上がって来る」というが（手作り詩集『他者／汝』あとがき）、それがそのままこの様な完成度の高い詩に結晶するとしたら、彼はまさに天成の詩人である。彼の手腕の鮮やかさを私は例えば「献立控え帳」シリーズの中に見る。美肴の口福をこれほどまでに如実に感じさせる詩は、他のどこに見いだすことが出来るだろうか？

二〇〇八年以降も、更北四郎私家版詩集は、今度は瀟洒なソフトカバー製本で次々と出版されたが、その数は今日で九冊に達する。その間詩人は高齢の両親を死亡するまで看取った。老残の悲惨を透徹した眼差しで見つめ記録した詩は、強く印象に残る。

また近年彼は自己や自己の周辺を歌うだけでなく、「序曲」や「世界経済入門」といったような詩も書くようになった。その昔ヘルメットをかぶらなかった青年は、熟年の域に達してもさまざまな社会問題に関心を抱き続け、人類の将来を憂い続けているのである。

そして「毅然」。

二〇一七年九月、大判四百頁に及ぶ、ずしりと手に重い書籍が私に届いた。彼の会社の五十年史で、執筆者は彼であった。

私は彼の卒業後も彼とは時折会う機会を持っていた。ある時は元全共闘の彼の級友たちと共に、またあるときは彼と二人きりで飲んだ。そんな時、彼は私には文学部卒人間の顔を見せ続けていた。音楽の話をすることもあった。彼はサティーは音楽劇「ソクラテス」が一番だと言ってその好みの非凡さで私を驚かせたりした。言葉の端々から会社では彼が若くして取締役になり、ついには社長になったと知りはしたが、実業の世界に関しては全く疎い私には、それがどういうことなのか、さっぱり分からなかった。

この五十年史に接し私は驚嘆した。年商百億円、従業員数一千人の規模の企業の社長としての彼の別面を知ってである。企業というものが刻々変動して止まない一つのいわば有機体であり、その運営のためには高度の判断力が必要とされることを、私は初めて具体的に知った。彼のイニシアティブでこの中堅会社は株式の上場を果たし、同種会社との合併へと至るのである。

真の能力の所有者はどんな分野においてもその能力を十全に発揮することが出来るものだという実例を、私はS君の場合に即して知ることが出来て幸いである。

一見人当たりが柔らかそうでありながら狷介な一面を持つS君は、詩の世界でも他と隔絶してこつこつと制作を行っていた。いわゆる詩壇において彼の珠玉のような作品が知られることが全くないのを私はこれまで残念に思ってきた。

今回の『花譜』刊行により孤高の詩人更北四郎の存在がようやく世に知られることになるのを私は心から喜ぶ。

そして、社長を退任して相談役となった彼、詩人更北四郎が、来春には会社を引退、解放されて、自由な時間を持つことになって、さらにどのような詩境を開拓して行くかを楽しみにしているのである。

二〇一七年十二月

山本顕一
（立教大学名誉教授）

あとがき

二十代から二〇〇七年（五十八歳）までに書いた詩篇を編み、二〇〇七年十月から二〇一一年十一月まで、四冊の詩集を作った。いずれも私家版であるが、六十歳、還暦を迎える前に、まとめて置こうかというのが、そもそものきっかけであった。四冊目の「古びた唄」の前年、二〇一〇年七月に最新詩篇による詩集「レッスン——生きるための」を作り、二〇一二年四月に本名による詩集「老いの貌」を、同年七月に詩集「日差しを背中に感じながら」を、という具合に最新詩集を作り、その後、二〇一四年から二〇一六年にかけて、矢継ぎ早に五冊の最新詩集を作った。私家版として全部で十二冊の詩集を作ったことになる。「老いの貌」以外は、すべて更北四郎というペンネームを用いた。

そして、会社からのリタイアを目前として、また、古稀を目前として、より広い読者の目にふれることを願って、前十二冊の詩集の詩篇から編み、二〇一七年十二月、ここに十三冊目の詩集「花譜」を発行したのである。

五十年近い詩作の大量の詩篇の中には、自ら良しとするものもあるが、どう構成し、どの詩篇を採るかに、苦心があった。主として、大学時代の山本顕一教授のご意見をいただき、また、大学時代の友人、大津哲夫くんの、過去の都度の評言も思い浮かべながらの選であった。それはまた、私の二十代から古稀に至る人生の総集編でもあるはずである。出版側の立場からの東方社、浅野氏のご意見も参照した。そして、このような詩集となったのである。

二十代の若い手作り詩集の時代から、厚かましくお読みいただいてきて、私の詩の全容をご存じの山本教授には、跋文もお願いした。感謝申し上げます。

われながら、書きつづけてきたなあ、というのが実感である。題材も形式も多様だったと言えるだろう。この先ももし書き続けるとして、果たしてどのような詩篇になるのであろうか。

二〇一七年十二月

更《さら》北《きた》四《し》郎《ろう》

著者略歴

更 北 四 郎（さらきた しろう）

昭和24年３月３日、神奈川県川崎市に生まれる。

現在、横浜市在住。

本名 渋谷正道、30歳頃より更北四郎のペンネームを用いる。

12冊の私家版詩集がある。

㈱丸誠（現在、高砂丸誠エンジニアリングサービス㈱に社名変更）に45年勤務。この間、ジャスダックに株式上場、大手傘下となり上場廃止するまで上場期間８年、また、８年間の社長就任期間がある。

詩集 花譜《かふ》

2017年12月25日 初版第１刷発行

著　　者　更 北 四 郎
発 行 者　浅 野 　 浩
発 行 所　株式会社 東 方 社
〒358-0011 入間市下藤沢1279-87
電話・FAX (04) 2964-5436
印刷・製本　株式会社 興 学 社

ISBN978-4-9906679-7-9 C0092 ￥2500E